KB171474

김포 운호가든집에서

김포 운호가든집에서

고형렬 시집

창비

이 시집을 云護가든집에 따라온 綠音에게 바친다.

차 례

표본실의 창밖

언제나 보고 싶으면 찾아와서 보게— 봄 햇살은 들꽃을 흙에서 잡아당기고— 이 따사로운 창에 먼지바람 부리는, 화려한 꿈과 허무의 표본실— 날카로운 서적지 두 장 압정으로 찔러놓은 듯— 호랑나비와 도시처녀나비, 호랑이와 족제비가 날고 있다— 꿈속같이 따스한 한겨울을 보내며— 이런다,

우리도 언제나 보고 싶으면 찾아오게, 이렇게 있었으면.

계란만한 병아리들

꽃샘바람이 불면서
올해는 화곡초등학교 앞에 나타났다.

삐악삐악. 사과상자에서 울고 있는 노란 병아리들. 교
문을 뛰쳐나온 아이들이 에워싼다. 아들 친구들은 앞다
투어 "자요, 500원" "여기요, 500원" 날아갈 것 같은, 산
수유꽃 병아리를 들고 사라진다. 생명 하나 값 500원.
500원 생명에
아이들은 이렇게 봄마다 속는다.

하지만, 우리 아이들이
연기 같은 저 병아리를 어찌 사지 않으랴.

靑果
雲井, 春鏡, 山明에게

꽃 피지 않고 하냥 가는 나무는 없구나
달처럼 무애로 가지 못하고
먼 길, 모든 눈은 눈을 만나 한세상 간다
화살이 날고 있는 저 폭양 속을
무채색 그림자와 사라진단다

木之必花! 花之必果라고?

다 사용하고 이울어버린 뒤에도
서로 물고 있는 달은, 밤은
다시 신생이 돋아나도 그 달인 줄 모른다
모두 망가져서 가는 우리는
그 시리디시린 열매 하나씩 달고 있구나

오징어 事變

백일을 언제 넘겼던가 벽을 잡고
겨우 서던 내가 당신 소매를 물어뜯던 때란다
멀고 깊은 동해바다가 있는 줄 알기나 했나 쓸쓸한
앞바다 이변이었지 중천에서 산으로 넘어가던 태양이
온 바닷물을 데울 때 젊은 두 팔다리 있어도
할 일이 없어 삽짝 바닷가로 나가다가 뭘 본 거야
번득 집히는 게 있어 냅다 뛰어내려갔지 알았겠니
푹푹 모래밭에 빠지며 허겁지겁 물가로 달려갔더니
아 이런 난리 아닌 난리가 날 수가 있던가
오징어떼가 뜨거운 모랫불로 뛰어올랐더란 말이다
지금은 물밑 밖을 나가도 찾기 힘든 오징어가
젠장칠 뭣에 홀렸는가 미쳤는가 내널렸질 않았겠니
원수를 갚으러 온 건지 은혜를 갚으러 온 건지
전쟁도 끝난 이듬해라서 아직도 세상은 무서웠지
그 여름 한낮 먹물 툭툭 불가로 내싸며 알 까듯이
몸통 씰룩이고 다리 열이 서로 뒤틀어대며
뭔가를 뭔가를 말해대는 것은 같은데 알 수가 없었다
찍찍 이상한 소리까지 내며 어미 보기엔 앓더구나

그 철없는 시절 그때야 그 뜻을 알 수가 있었겠니
그적 열아홉에 널 낳았으니 냅다 뛰어들어오면서
네 아버지보고 여보 여보 하고 말을 못하고
광주리 들고 맨발로 불가로 다시 냅다 뛰어내려갔단다
그때 오징어를 물 푸듯 마구 푸느라 정신이 없었다
얼마나 반가운지 말이다 38년 전 널 방안에 눕혀두고
아버지하고 나하고 꿈틀대는 한 광주리의
내 첫 행복이자 아픔인 암갈색의 번쩍이는 오징어를
얻어 돌아오는 얼굴은 생시가 아니다 했다
지금이야 못 믿겠지만 그땐 정말 먹을 것이 없었단다
퍼주워 담으며 그날, 오징어 잔치가 났었다네
여보게, 그날 온 동네가 회며 삶은 통오징어를 먹고
배냇짓 아기는 그날 한여름 은하수 밤중을 쿨쿨 잠든
이 어미의 퉁퉁 불은 젖을 꿀꺽꿀꺽 실컷 빨아먹었지
어머니는 젖을 물린 채 사지를 처음으로 쭉 펴시고
아아 다시는 다 말하지 못할 오징어 하얀 피여 살이여
너희는 젖으로 어머니 몸에서 내 몸으로 건너왔다

인공수정장에서

핏빛 단풍철 가평리 채포장에서 보았다
사람들 몸 다루는 것을 보니 암수가 다르다
꼬리를 잡고 머리를 때려 혼절시킨 뒤
수컷은 연구사가 직접 들고 흰 아랫배를
진드근히 힘을 주어 훑어내려갔다
우윳빛 정액 한줄기가 쭈욱 내뻗는다
그런데 암컷은 칼로 배를 가르는 것이었다
턱 아래 가슴지느러미 사이에 있는 목숨에다
중년 부인이 칼끝을 대고 쿡, 찔렀다
혼절해 있던 연어는 아무 기척도 없이
그대로 하얀 배를 열어주고 있었다
여인은 칼끝을 약간 위로 치켜들어올리면서
빨간 생식기 쪽으로 칼을 밀고 나갔다
그녀의 손 밑에 뻘건 속이 들여다보였다
인간의 복장이 저렇지는 않을 것이다
암연어는 배가 완전히 좌우로 갈라졌다
정신을 잃어버린 상태였지만 자신의 몸이
저리 형편없이 되어 있는 줄은 모를 것이다

부인은 넓죽한 알을 손으로 뜯어 들어냈다
암수 피*는 모래톱에 던져져 뒤섞였다
자연은 암컷에게 더 잔혹해 보이는
남대천에서 연어를 보는 인공수정은 꿈같다
나는 수정되고 있는 알을 옆에서 바라보았다
아낙은 장을 담그듯 백자*와 알을 휘저었다
산이 눈감고 바다가 흉간을 열어주었다
이리하여 연어는 다시 태어나고 돌아온다

* 피는 알을 채란한 연어, 백자는 물고기 정액.

4월의 무릎들

잎 피는 4월에는 여자들의 다리만 걸어다닌다
뽀얗고 아슬한 다리들만 아름답고 조용한 거리
곧은 다리 위에 재잘거리는 말소리가 들리고
한겨울을 숨겨둔 가슴들이 잘잘 흔들리고 있어도
기실 이 거리에 걸어다니는 것들은 저 다리들뿐,
그러나 저 하얀 속다리를 바람이 아니고서야
어찌 마음대로 만지고 싶을 때 만질 수 있을까
이 시간 이 4월 거리를 지나가는 것 중에 가장
깨끗한 것은 한마디 말 없이 걸어다니는 다리들
두 구두가 재미나고 즐겁게 스치는 다리들뿐이다
크지도 작지도 않아 내 마음과 같은 뼈와 살들
세월은 가고 오는데 무슨 까닭으로 저 다리들은
이 낡은 거리를 해마다 변함없이 찾아오는 것인가

일산 줄장미

다시 아기눈 날리는 세밑 이른 아침,
나뭇가지 오금마다 얼어붙은 눈
미풍이 살을 엔다.

꽃은 나무 속에 얼마나 남았는가.
정열은 가지 끝에 얼마나 숨어 있는가.
장미, 너의 몸은
나이를 얼마나 먹으셨는가.
당신도 나이테가 있으시던가.
꽃눈마다 다 피어선 어디로 가셨는가.

너를 사랑한,
내 생의 이자는 언제 다 갚게 될지.

배 딴딴한 나귀놈을 타고
하진부 오후, 懷南에게

나귀를 타고 친구 집에 놀러 간다
등에서 보니 귀가 날카롭고 고집도 있다
엉덩이 살은 깊고 암팡진 나귀놈
등은 넓고 뼈는 위험하다
내가 둥근 등에 가랑이를 벌리고 올라타면
그는 즐거워한다 힘이 난다
내 오금은 탕탕해지고 마음은 높다랗다
갑자기 무게가 느껴진다
방울도 없는 당나귀는 좋아라 한다
내 허리를 흔들흔들 흔들면서 감자꽃밭 산길을
타박타박 걸어간다 녀석 같으니라구
주인 몸무게가 비빌 만한 게지
이놈 뱃구레는 고압산소가 들었나
터질 것 같고, 고개를 혼자 즐거운 듯 끄떡끄떡
내가 등에 있는 줄도 모르지
이놈은 건방지고 당찬 놈이다
무슨 꽃이라도 머리에 단 줄 알고
벼슬한 듯 삿갓 쓴 듯 까딱까딱 흔들면

어 어, 이리 가, 이리 가
나는 당나귀의 주인, 너는 주인의 당나귀
당나귀를 타고 친구에게 놀러 간다
어이, 여보게 하진부 고원에 해가 진다 말일세
저녁달처럼 소리도 없이
친구는 저 멀리 고개 넘어오는 당나귀와 나
날 보고 좋아라 희색일걸
옛날엔 더워지고 날이
흔들흔들 저물면 이렇게 친구를 찾아갔지
흔들흔들 저물면 저렇게 친구가 찾아왔지

화살

　세상은 조용한데 누가 쏘았는지 모를 화살 하나가 책
상 위에 떨어져 있다.
　누가 나에게 화살을 쏜 것일까. 내가 무엇을 잘못한
것일까.
　화살은 단단하고 짧고 검고 작았다. 새 깃털 끝에 촉
은 검은 쇠. 인간의 몸엔 얼마든지 박힐 것 같다.
　나는 화살을 들고 서서 어떤 알지 못할 슬픔에 잠긴
다.

　심장에 박히는 닭똥만한 촉이 무서워진다. 숨이 막히
고 심장이 아파왔다.
　——혹 이것은 사람들이 대개, 장난삼아 하늘로 쏘는
화살이, 내 책상에 잘못 떨어진 것인지도 몰라!

자화상

어느날은 잔나비 같았다. 어느날은 인간 같았다. 또 어느날은 어둠 같았다. 그 뒤 어느날은 나뭇가지와 잎사귀 같았다. 어느날은 다시 잔나비 같았다. 그러다 어느날이었다. 갑자기 없는 것 같았다. 그날 오후엔 없는 것도 아닌 것 같았다.

귀신 같은 놈. 도깨비 같은 놈. 뚱딴지 같은 놈. 요사스런 놈. 미친놈. 어느것도 되지 못하는 놈. 어제는 신기료장수다가 푸줏간 주인이다가 오늘은 여자다가 애다가 내일은 겨우 그 '무엇'이다가 마지막 어느날은, 꼼짝 못하고 죽을 것이다. 절지 벌레처럼, 고통스럽게.

산머루

강원도 부론면 어디쯤 멀리 가서
서울의 미운 사람들이 그리워졌으면.
옛날 서울을 처음 올 때처럼
보고 싶었던 사람들, 그 이름들
어느새 이렇게 미워지고 늙었다.
다시 진부 어디쯤 멀리 떨어져 살아
미워진 사람들 다시 보고 싶게
시기와 욕심조차 아름다워졌으면.
가뭄 끝에 펑펑 쏟아지는 눈처럼
서울 어느 밤의 특설령처럼
못 견디게 그리운 사랑이 되었으면.
그러나 우린 모두 사라질 것이다.

쌍폭* 단상

오늘도 산을 넘지 못했다.

절벽이 험상궂은 쌍폭. 얼굴만한 양지에 한 여자, 옹송그리고 앉아 있다. 맨손이 쌀을 씻는다! 그녀 머리꼭대기 먼 하늘 가지 끝에 단풍 하나 떨어진다. 가을이 하는 밥

새처럼 놀라 퍼들쩍거린다. 뒤로 젖힌 여자의 흰 목젖이, 아아아 양치질한다. 여자는, 아악! 양칫물을 내뱉는다. 살아온 날들이 이 오전만 못하다. 떨고 있는 물그늘, 아침

나는 산에서 태양을 본다. 시대는 궁금치 않고 살은 지금 전율할 뿐 아직 쌍폭이다.

우리는 협곡을 벗어나야 한다.

＊雙瀑은 태백산에서 북으로 흘러가는 남한강과 만나는 북한강물을 좇아 용대리 인가 쪽으로 흘러간다. 두 줄기로 갈라져 떨어지는 흑운모화강암대의 내설악 중심 폭포.

사자, 또 봄은 가고

내 몸에 거짓말을 하고 그는 어디로 갔는가.
내 몸 위에서 스케이트를 타던 그는 어디로 갔는가.
내 몸 위에서 달처럼 웃음 웃던 그는 어디로 갔는가.
그리고 내 몸에 칼질을 하고
끝내는 나무처럼 딱딱해지던 그는 어디로 갔는가.
내 몸 위에서 울음을 쏟아놓고 그는 어디로 갔는가.
내 몸에 물길을 내놓고 영영 어디로 갔는가.

월유산을 못 가다
坐巖을 생각하며

금산 천내는 자고 싶었다.
금강 상류, 문고리에 숟가락이 꽂힌
용화 용강식당 고방 옆방, 오랜 상 옆에서
40년 동안
웅포에서 왔다는 여자와
풍양에서 왔다는 여자와.

세상 사람들 다 욕하게 지쳐 떨어지고 싶었다.
그 사람 그럴 줄 몰랐다는
그 말 듣고 싶지 않아도
눈 녹아 꽃 필 때까지
한철만 마음놓고 살고 싶었다, 어떤가 보게.
아니 꽃 지고 그 잎 푸르러 작은 열매
뼈씨 아플 때까지
떨어져 있어도 그립지 않을 때까지.

너의 깊은 몸으로, 검은 머리카락으로
오늘 생각 다시 찾아가는 늦가을 저녁처럼

석양 하늘 쳐다보면,
그게 어떻나 보게.
버들개지 피고 눈 녹은 개울에
한창 부리다 녹고 마는 춘설의 한낮처럼
그 밑에 흐르는 물소리처럼
지분대는 허사처럼.

청산아, 사람은 무엇이며 산다는 건 무엇인가.
너를 나 없는 용화에 두고
어떤 뜨거움을 어떤 차가움을 원했길래
하루를 못 놓고 떠나고 마는가.
밤하늘에 숨은 월유산 꼭대기를 달려가고 싶어도
언제 올 줄 모르는 내일쯤에 두는 것은
용화를 네 곁에 남기는 까닭이다.

그러나 오늘도
천내 곁에 용화와 자고 싶었다.
잡어매운탕과 소주를 반 먹다 그 상에 남겨둔 채

몸 아닌 마음은, 마음 아닌 몸은
저 달처럼 참말로 참말로
금산 천내 속 네게 머무르고 싶었다.

벗의 상가에서
나는 죽은 것 같다

용재가 와서

교산 자랑 대와 바람 자랑 하다가 김종삼은 소주 아이스께끼를 빨아먹었다며 눈 껌벅일 때, 희석 당신 이야기.

90년대 초 강릉을 찾았지. 1월은 추웠다. 셋은 취한 채 바람 부는 경포대로 나갔다. 갈매기가 억새 물가에 죽어 있었다. 눈은 뛰어간다. 얼어붙은 갈매기를 품에 안는다. 아래로 떨어지는 목을 세워주며 머리를 쓰다듬는다. 술이 깨지 않아 둘이 용재 앞에서 운다. 하얗게 언 경포 얼음장이 눈구름 속에 숨은 햇살에 빛나 춥기만 했지, 동햇가는.

"우리가 묻어주자. 영승아."

모래를 파고 파도소리 요란한 모래톱에 갈매기를 묻었다. 눈이 허연 또 눈이 올 것 같은 대관령을 쳐다보며, 찬바람 쌩쌩 부는 아주 추운, 먼 바닷가에서

울었다고.

둘을 데리고 강릉 시내로 겨우 돌아왔다는, 이제는 다

소용없는 일.

새벽 2시.

지금 월정사

오늘 오대산 하늘을 찾아와서
달은 월정사 마당을 비춘다
마음의 그림자는 적광전 벽에 붙어 있다
고려시대에 세운 탑은 똑바로 하늘로 솟아 있다
앉아서 돌아가신 아버지와 예언을 하신 아버지가 계
시는
저쪽 진영당은 문이 닫혀 있다
처마와 마당에 달빛이 지나간다
아아 무섭고 슬프다 너흰 공부를 똑바로 해라
적광전에 부처님만 혼자 계신다
달은 월정사 마당을 지나간다.

호랑이를 그리며

  저 무서운 암적황색 움직이는 무늬는
  얼룩얼룩한 검은 줄과 점은
  불규칙하게 흔들리는 명암, 골과 다리와 뱃가죽과 커
다란 꼬리는
  대회백색의 꼬리 안쪽, 아홉개의 둥근 무늬는
  광택이 넘치는 칼날로 오린 듯한 흑색의 귀, 그리고
  예민한 침수염이 박힌 입가는
  삼킬 듯한 눈구덩이는 눈과 뺨 밑의 단단한 고리와 흰
가죽 등골은
  주먹만한 뼈알이 박힌 등골의 움직임은
  굵고 선명한 마음은

  뱀이 기듯 걷는 솜방망이같이 부드러운 일자걸음은
소리를 내지 않는다.
  언제나 뒷발은 앞발자국을 밟는다. 먹이를 쫓을 땐 보
폭이 8미터까지, 바위에서 아래로 뛸 때는 10미터까지
건너뛴다.
  마음은 더위를 싫어해서 여름엔 깊은 산속의 물안개

가 낀 폭포 물가의 바위너설에 엎드려 잠을 잔다. 천적이 없으므로 실컷 잠을 즐긴다. 때로는 큰 나무에 올라가서 가지 사이에 위태롭게 사지를 걸치고 짓궂게 잔다.

겨울엔 영하 30도에서도 추위를 타지 않는다. 마음은 눈을 좋아한다. 눈이 내린 훤한 달밤에 등을 땅에 대고 뒹구는 모습은 눈이 오면 좋아서 이리저리 뛰는 개와 같다. 혹한의 마른 겨울엔 부스럭거리는 소리가 나는 나무 덤불이 우거진 곳에서 지낸다.

마음은 해지기 직전과 해가 뜰 때를 가장 좋아한다. 배가 부르면 아무것도 쫓지 않고 하루 종일 누워 잠만 잔다. 그러나 저녁이 되면 밤은 마음을 일으켜세운다. 마음은 밤의 영령인 것 같다. 자신도 모르게 어슬렁거리기 시작한다. 산정의 뾰족한 바위에 올라가서 엽장을 내려다보다가 먹이가 눈에 띄면 뱀처럼 미끄러져 내려간다. 순식간에 등과 목을 덮친다. 키가 큰 것들한테는 거대한 두 다리를 벌떡 들어서 사람키로 서듯 덤벼든다.

마음은 도망가는 야생동물을 쫓아가서 잡아먹는 법이

없다. 소리없이 접근하여 단번에 도약하여 먹이 위를 올라탄다. 먹이는 툭 앞으로 엎어지면서 정신을 잃고 만다. 목이 강한 동물들은 앞목을 물어뜯는다. 마음은 울지 못하게 울대뼈를 물어부순다.

마음은 한쪽으로 끌고 가서 부드러운 복부와 넓적다리부터 먹기 시작한다. 안에 있는 심장과 허파를 날카로운 곡괭잇날 같은 발톱으로 찢어내고 이빨로 끄집어낸다. 깊이 있는 모든 복장을 다 헤쳐낸다. 고기를 양껏 먹은 뒤에는 물가로 내려가서 물을 많이 먹는다. 다음엔 반드시 코와 입을 깨끗이 씻는다. 겨울에는 눈으로 입을 씻는다.

주로 멧돼지를 좋아하는데 말, 개, 소, 염소도 좋아한다. 큰 동물의 내장이나 뼈가 붙어 있는 부위는 먹지 않으나 노루, 멧돼지 새끼, 개는 남김없이 다 먹어치운다. 마음은 고기만 먹지 않고 여름과 가을에는 도토리, 머루 등의 산과일도 고루고루 먹는다.

사냥감은 먹이가 되고 몸은 요람이 되어 뒹굴고 있다.

한겨울에 투쟁을 벌여 암컷을 장악한 수컷은 욕정을 충족시켜 자신을 암컷 몸속에 잉태시킨다. 암컷은 100여일 후 새끼 2, 3마리를 낳는다. 바위에 보금자리를 만들고 여섯달 동안 젖을 먹이고 아홉달이 되면 수렵을 시킨다.

5년이 되면 어른이 되고 수명은 40년 내지 50년.

아 나른하다. 그러나 마음은 조심성 있고 빠르게 움직인다.

지금 금강산에 눈이 온다는구려

고형. 지금 자고 있었소.
지금 금강산에 눈이 온다는구려.
조금 전부터 눈이 내리기 시작했다는구려.
그러면 또 고형은 금강산을 가지 않겠다고 말하겠지
요.
하지만 이젠
철원으로 가서 평강고원을 넘어
밤새밤새 동해의 금강으로 갈 수 있지 않겠소.

고형. 내 말 들리지요.
지금 금강산에 눈이 내리고 있다는구려.
나는 알아요. 고형을
아무런 준비가 되어 있지 않다는 것
도대체 누구에게 알리고 갈 수 있겠냐는 것
또 금강산이 어떤 산인 줄 모르니
어떻게 가야 하는지를 모르겠다는 것
하지만, 고형. 지금 금강산에 눈이 오고 있다는구려.

無悲

쓸 만큼 쓰고 할 만큼 해서 이젠 생식기도 성기도 아
닌 泌尿器가 되었다

언제부턴가 딴 생각을 하지 않고 마음을 따라주지도
않는다

오래된 그 덧없는 인간의 도는 욕망이 떠나고 업이라
할 이름도 없이 다 마친 상태다

푸석한 옷섶 속에 그냥 거기 그렇게 아무렇지도 않은
얼굴로 있을 뿐이다

멀쩡하게 아들과 손주가 직장과 학교로 정신없이 뛰
지만

참으로 알 수 없는 일로 남아 몸뚱이 한가운데 우두커
니 귀처럼 달려 있을 뿐이다

비뇨기는 그러나 지난날의 자신의 일과 꿈이 어떻게
됐는지를 모른다

한꺼번에 모이고 울컥 쏟아내고 들어오고 움켜잡던,
절대적으로 믿고 옴붙듯 살아온 살

아무도 찾아가지 않고 아무도 기다리지 않고, 悲淚조
차 없는 흉터와 같은 곳이 되었다, 박덕한

생애, 그 슬픔과 그 일들 다 말해줄 수 있는 주인도 책도 없을 것이다

가끔 의사나 달고 있는 사람이 살점을 만지고 씻을 때가 있지만 이젠 횡한

오줌만 몸에서 내보내는 남녀들, 하나의 물건이다 하나의 비뇨기에 불과할 뿐이다.

해인사를 생각하는 날

無我

　문비 없는 문을 향해 걸어간 사람을 아는 사람이 없는
세상의 거리에서 혼자 아득한 과거 인연을 생각하면
　그가 우리들의 배경이 되어 서 있고 흐르고 나타나고
사라지는 것에 소년은 가슴이 뛰어서 산문으로 뛰어가
저 문의 얼굴을 엿보곤 했다
　그가 풍경으로 있음을 모름은 어리석은 일이지만 슬
퍼 더 좋은 일은 지금도 나를 생각하며 나를 모르는 일
이다

風磬

귀고리를 단 귓불이 무겁겠다.
바람만 지나가기를 기다리네.
저 뺨에 뺨을 갖다대고 있으면
차가울까? 아니야 뜨거울 거야.

가을 하늘이 가슴 아파할 소리는 네 풍경 소리밖에 없을 것 같다.

아들

언제나 불쌍하다는 생각뿐인
아들을 데리고 입산하고 싶다
세상 아무 죄 없다 하더라도
목조 법기보살 앞에 가서
아들과 꿇어 엎드려 울어야겠다

어찌하여 이곳에 있게 되었는고
나는 돌이킬 수 없는 아비다
너는 이 아비의 어디에서
이렇게 말도 없이 택해 왔느냐
아들을 데리고 갈 곳이 없다

사람 살려!

언제쯤에나, 대적광전을 저쯤에 두고 눈 그친 절에서
공양할 수 있을까?
언제쯤에나, 가족을 남처럼 대하며 얼음꽃 녹는 지구
에서 공양할 수 있을까?
언제쯤에나, 삭풍이 낙엽을 다시 하늘로 불러내는 겨
울산에서 공양할 수 있을까?
언제쯤에나, 눈이 금강 하늘의 햇살에 부서지는 한낮
에 공양할 수 있을까?

발은 시리고 찬바람만 도심 속을 뚫고 간다.

오솔길, 다른 길

모든 사람들이 길을 가고 있을 때 그만은 길을 오고
있었지 다시 생각해도 돌아와야 할 것 같은, 인생은 외

로운 길처럼 가고 있는 것 이 말을 지울 말이 이 길에는
없다 모든 여름날이 길을 갈 때 가을날이 혼자 오고 있
었다 한 사람만이 모든 사람을 맞이하듯이, 몸만한 작은
길을 바스락이며

誓願

가을 바람이 깊어지고
마른 잎이 나뭇가지에서 떨어지는 계절이 돌아오면
겨우 나의 서원은 안녕을 묻는 일이다.
벌레들은 나무껍질이나 흙속에 들어가 자리를 잡았고
몸을 잘 구부리고 머리는 어느 흙알로
돌베개를 삼았으며,
깊은 생각으로 건너는 일을
아니면 자신은 죽고 알을 남긴 비밀과
사람들은 양식을 마련했는가 하는 따위를
이 지상의 서원으로 삼았다 그후

겨울 해가 와서 떨고 있는 새파란 하늘을 쳐다보다가
나는 아내가 꺼내주는 긴팔을 껴입고 겨우
산 주변을 산책하는 일이
그리고 아무 일도 하지 못하고 서성이며 기다리는 일
그것이 나의 서원이었다.

의상대

　타자기, 내가 부활되는 곳. 감각의 인피를 밀어올리며 때리는 아침, 저는 꿈을 꾸었네. 당신 이제 생각이 끝나면 어디로 갈까. 너는 알겠지, 떠오르는 예감의 아침 너에게로 갈 것을. 죽음을 훔쳐오는 밀원에서 한 귀의 피를 흘리며 어둠의 흙비 그친 추녀 밖으로 본 하늘, 원인을 알겠지. 영혼과 뼈의 안식을 위한 목의자에서 혼란을 바다 뒤로 내쫓고 나의 생각을 치던 그대. 끝 간 햇살이 분산되던 시각, 수평선을 치던 단문의 내력은 무엇이었던가. 생명을 보내오던 그대로부터 저는 지난밤의 꿈길을 찾아간다. 물길을 따라 온힘의 활자판 찍힌 깊은 의식의 잠을 깨고. 땅 끝에 물린 바람을 흔들 듯, 겨울산의 불을 끌 듯 꿈속에서 내일을 치던 그대. 이혼병을 앓으며 저도 그 타자소리엔 깨어나야지. 가시 돋친 잠과 함께 벽을 밀어두고 생각은 가야지. 생각의 끝, 꽃밭 너머 번지는 어둠속의 빛 속으로 욕망을 개방하고 두 송이 귀를 단 채. 아, 바다를 밀치며 해를 떠올리는 그대 조용한 타자소리, 숨찬 해송 밖 해안선을 넘어온다, 내 방문을 열고.

맹인안내견과 함께

종로3가역에서, 1998

나 이 세상에 다시 태어난다면
저 맹인안내견으로 한생 살다가
죽어서
그 다음엔
다시 이 세상에 안 와졌으면
했다

주인을 끌고 다니느라 지쳐
다리가 아파
전철 바닥에 엎드려 있는
나를 쳐다보다 그만 외면하고 마는
선하디선한 맹인안내견

넓은 가죽끈을 가슴에 걸고
나는 어느 세월
말 못하는 누군가의 심복이 되어
한생 살다가
다시는

이 세상이 미워서도 싫어서도 아닌데
돌아오고 싶지 않다

모르는 어느 나라 도시 한쪽에서
다른 맹인안내견과
같이
주인을 데리고 가든가
저렇게 지쳐 바닥에 엎드려 있으면
난 후회가 없으리

그래서 어느날은 전철이
나와 주인을
쉬면서 가라고
이렇게 실어다주기도 할 것이다
그것도 미끄러지듯 가는
환히 불컨 지하에서

정자가 사람이 될 수 있는가

누가 그 사실을 믿는다고
몸 아주 깊숙한 곳에 받아 감아 넣고
하나의 작은 언어처럼
같이 사는 사람도 모르게 길러
태어난 꿈들이
몸에 생긴 벌레 같은 것들이
저렇게 다 커버린 나의 아이들이었다니.

무지한 목숨의
조용하고 차갑고 어두운 곳이라
정낭 속에서 고물거리며
한때 마음을 그토록 못 견디게 간지럽히던
그 얼굴 없는
꼬리 달린 병균 같은 정자들이었다니
아이고 하느님, 부처님.

고승

당신의 정낭 속에 있는 정자는 하나도 사람이 되지 않
았다

그 후 당신의 씨들은 한번도 몸 밖으로 나온 적이 없다

이 세상에 나타나 이목구비를 오장육부를 가진 적이
없다

이 말뜻은 한번도 당신이 다른 사람이 된 적 없다는 뜻

당신 이외의 다른 생과 죽음을 절대 얻지 않았다는 뜻

그래서

당신 몸속에서 당신 벌레가 모두 금강이 돼버렸다는
뜻이오

*아내와 함께 아이들을 데리고 시장엘 가다가 앞에 걸어가
는 아이들을 바라보며 우스갯소리를 했다. 쟤네들이 어디
서 왔을까. 아내는 알아차리고 내 옆구리를 쿡 찌르고 웃
는다. 여편네와 애들은 여름옷 색상만 생각하는 것 같다.
「정자가 사람이 될 수 있는가」와 「고승」은 비슷한 시기에
씌어졌다.

과거, 대흥사

매미 울음소리가
대흥사 온 산을 쩡쩡 울리는데
날이 너무나 더워
목재와 비목들이 널려 있는
요사 뒤뜰로 한참을
풀 차고
들어갔더니,
발가벗고 있는 하얀 바위너설
법복과 흰 러닝셔츠를 벗고
허연 살과 어깨를 내놓고
어이 시원타
배꼽을 물에 잠그는
큰스님은 아버지 같으시다
도가 된 부자지도 부자지지만
특히 만지고 싶은 구레나룻
살을 뚫고 나온
짧은 수염발이 희었다
한번 손등으로

숯눈썹을 그려드리듯
쓱 비비지 못한 그 해남 여름
아름다운 대흥사 물소리여
어머니 살보다
희었으나 남녀가 아니셨던 어른
나는 그 등을 밀어드렸지
아버지처럼, 시자처럼

참새

가만히 보니,

마주앉은 여자가 손톱을 깎아준다 남자가 여자 손을
만지듯 몸과 마음이 부드러워져서 여자는 남자의 오른
손목을 잡아 무릎에 놓고 손톱깎이를 들어 엄지와 인지
로 디딜방아질 하듯이 딱! 딱! 남자의 큰 엄지 손톱을
끊는다 손톱 조각이 톡 튀어 머리 뒤로 날아가 떨어지자
앉은 채 허리를 돌려서 그걸 눈으로 찾아 집어와서 하얀
보자기에 가만 놓는다 남자는 그러는 여자의 손을 내려
다보고 앉았다 연속으로 딱, 딱, 딱. 재미있는 소리가
남자 손가락에서 계속 일어난다 신기하게 길쑴한 가운
뎃손가락을 잡아뽑을 듯이 잡고 다섯번 딱, 딱, 딱, 딱,
딱. 새끼손가락도 세번 딱, 딱, 딱
두 사람은 아무 말도 표정도 없다 딱딱딱 소리만 나는
흰구름 흩어지는 가을 한낮 해바라기 백구절초 코스모
스 국화가 화사하다 햇살이 밑동을 바투 친 벼그루터기
를 떠나지 않고 모였다 어느새 열 손가락 다 깎아주더니
양말을 벗기고 발톱까지 깎아준다 남자는 가만히 있다

그러고 나서 남자를 한번 쳐다보더니 이내 발로 눈길을 내린다 아프지 않느냐고 그러나 얼마 뒤 슬쩍 돌아보니 이번에는 남자가 여자의 손을 살며시 잡는다 여자가 했던 것처럼 무릎에 보자기를 펼쳐놓고 손톱을 깎는다 여자 손톱이 남자 손톱에 섞인다

나는 더 못 보고 포르릉 담 위로 날아 건너 가지에 앉았다 감나무 가지가 바람에 흔들거린다 여자가 나를 힐끗 한번 일별한다 나는 멀리 날아가버렸다.

여름철

육정과 육진으로 시달리다가
강화는 저녁이 좋고
울릉은 아침이 좋다
겨울은 해남 장춘동이 좋고
여름은 저기 삼수가 좋겠다
어디가 내 이 육신을 기다리고 있을까
눈도 오지 않고 비도 내리지 않는,
이 어둠에서 위로 줄창 올라가면
이 시간도 밤이 아니고 밝은 곳
거기 비유비무의, 아니 비상비비상천의
아니 이제합명중도의 비생멸비불생멸
그런 곳이 있으니 걱정을랑 하지 말고
탱자울이 있으면 편백과 동백이 산다고
이 세상을 마음껏 살다가, 산으로
저녁에 날아가는 작은 새님처럼
이 세상 거리와 사람들과 길을 끊어,
다시 누군가가 이리 노래하리라
저녁은 강화가 좋지?

아침은 울릉이 좋지?

그러면 여름은 어디고 겨울은 어디일꼬?

누렇게 타고 있는 저녁 해야

오염의 밤이 오고 불이 핀다

안양을 쫓고 곤고함을 부른다.

  *非想非非想天은 제4의 하늘로 무색계. 형이상학적 존재이
    므로 땅이 따로 없다는 곳. 선정으로 지어지는 곳으로 이
    곳에도 생멸이 있다. 二諦合明中道는 팔불(八不, 不生不滅
    不斷不常不一不異不去不來)에 근거하여 언어와 사려를 여
    윈 궁극적인 공, 즉 非生滅非不生滅.

罷宴, 별똥별

그럼 우주 속에서 별이 똥을 눈 게 별똥별이야?
가만히 듣자 하니
아들은 아빠에게 반말을 한다.
두 사람은 어둠속 사람들 속으로 사라졌지만
아들 생각이 났다.
아빠. 난 말이지
저 우주가 딱 멈추어 있는 줄 알았어. 그런데,
아니야. 별들도 살고 죽고 태어나고 그러는구나.
아빠가 받아준다.
그럼. 사람도 태어나고 죽고 한단다.
너도 원래부터 우리집에 있던 것은 아니잖니.
하늘이 움직인단다.
사람들은 정이 있어서 아주 영원히 사는 줄 알지.

서울로 가며

나는 아직도 서울에 다다르지 못했다.
나는 지금도 서울로 가는 중이다.
왜 나는 아직도 서울에 다다르지 못했는가.
저렇게 길은 가는데, 왜 아직도
환한 서울은 나타나지 않는가.
서울은,
내가 다가가는 것만큼 변하고
나를 비웃으며 멀어지기 때문인가.
나는 지금도 고단하게 서울로 가고 있다.
가도 가도 보이지 않는 경기도 땅 서울이여
나는 너에게 끝까지
다다르지 못하고 죽을지도 모른다.

수색은 가지 않는다

어느덧 우리 식구는 서울을 지나가고 있다
수색은 우리 식구를 지나가지 않는다
수색은 아직도 삼표연탄과 극장, 역과 나무들이
그 옛날의 우리를 우두커니 바라본다
우리 식구엔 수색이 모르는 사내아이가 태어났고
그때 첫아이는 영어를 배우는 중학생이 되었다

수색은 비가 내려도 가지 않는다
봄이 지나가도 오지 않는다 수색은 조용하다
그곳은 아직도 다행스레 수색일 뿐이다
모든 게 사라질 때 수색은 가지 않는다 우리만이 지나
간다
더러 낯설게 자고 갔던 사람들은 그립고
이 세상 어디에선가 살아가고 있을 것이고
컴컴해도 불안하지 않던 곳 수색의 한낮

수색은 남고 우리들은 간다 아이는 아이
아내는 아내 남편은 남편 기실은 흘러왔다

썩은 몸 위에 아직도 수색은 가지 않고 남아 있다
서울의 모든 것이 흘러가고 있어도
굴다리와 송전탑과 치킨집과 충남쌀집과 5번 종점
늙지 않을 얼굴처럼 가지 않았다
속초 해남 누이 아내에게 10년이 흘렀지만,

길 건너 바라보는 수색은 반갑고 즐거워
아름답게 초라한 옛날이 보이는 것이다
지금보다 몸도 마음도 작은 식구들이 보이는 것이다
우리만 가고, 수색은 가지 않고 고향처럼 남았다
저곳에서 어머니처럼 웃고 있다
50년이 지나도 백년이 지나도, 수색은
말없이 지나가는 사람과 버스를 쳐다보고 있다가
그도 어느날은 가고 없을 것이다

여자 호수

호수는 유리창에서 멀리 있다
하늘로 훨훨 날아올라가서 놀다가
얼음 구멍의 차가운 물에 내리고
남자들은 멀리 지상에서
그 꽃들을 바라보고 탐하며
가까이 갈 수 없음을 가슴 아파한다
그들은 두 팔로 걸어다닌다
손바닥은 강한 발가락이 되어
세상의 무서운 꿈을 원하지 않고
곰방대 모양의 긴 부리는
고기와 작은 벌레들을 벗한다
그들은 너무 오랜 날들을
호수를 지키며 슬픈 삶을 살아왔다
이제는 생을 바꿀 수 없다
남자들은 번쩍이고 덜거덕이며
마음을 흔들려고 거짓말을 만들지만
호수의 꿈에서 너무 멀다
혼자 돌아가서 돌아오는 물빛처럼

눈이 맑은 여자들, 아름다운 호수
그대들은 본래 우리들을
가까이하지 않는 다른 인류였다

어둠속의 풍악호

나는 지금도 금강산에 가고 싶어하지 않는 것 같다
저 배를 타면 정말 금강산에 가는 것인가
망망대해를 향해 어둠속으로 사라지는 그들을 본다
나는 저 먼 서울 텔레비전 앞에 노인처럼 쪼그리고 앉
아
그들이 북으로 저렇게 간단히 가더라도
저 유령선 같은 공개적 밀월을 믿지 못했다
그들의 야간 해상 여행은 현란한 허무 같다
동해안 모든 사람들이 빛과 일을 잊고 잠들어가는데
난리난 듯 불을 밝히고 저들은 지금 어디로 가고 있는
가
실패하지 않은 세상을 찾아가는 것인지
나는 며칠 뒤 그들이 꾸고 오는 꿈을 믿을 수가 없는가
나는 죽은 단천 사람들의 공동묘지처럼
미래와 과거에만 저 배의 아름다운 불빛에 승선할 수
있을 것이다
하지만 지금 내가 일방통행하는 저 배를 탈 수 없음은
어떤 가닿지 못한 사람들이 있기 때문 아닐까

저들의 여행은 현실이 아닌 가상처럼 바라보인다
더 그립지 않고 가슴속의 피를 토하지 않고는
우리만이 저렇게 금강산을 쉬 찾아갈 순 없는 일
죽은 사람들과 가고 싶은 바닷길에 술과 노래와 풍악
을 싣고
처자식과 가장 가까운 친구들과
나는 맨 나중 저 만경창파 동해를 가로질러
북의 금강산에 가고 싶지만, 아무래도 나는, 나는
저렇게 신기루 같은 풍악호에 몸 실을 순 없는 일이었
지

꽃

친구여, 저것이 바로 그 상고대라네.
자세히 보게. 다 허물어지고 자취도 없이 사라질 걸세.

하아 하아 숨가쁜,
빛이 어둠을 물리치고 은잎사귀를 부수는 아침

우리들의 가슴 뼛속에도 저와 같은 햇살이 솟아올라
밤새 그려 세운 꿈이 깨어지기를!

봄 2

귀가 어두워 새소리를 들을 수가 없었다
내 귀는 너무 어두워
흙알만한 새가 날아가며 우는 풀소리
찬 봄바람 냉이 잎 사이로 지나가는 새소리
낮게 포복하여 깃털 하나 닿지 않는
아기 발만한 내 귀는 너무 어두워
이 우주의 낯선 들판에서
겨울 대진으로 가는 파도소리 시끄러워
나는 지난 초겨울까지 일산 풀밭에 남아 있던
그 숨소리 그 새소리 들을 수가 없었다
내 귀는 너무나 어두워
햇살은 너무 소란하고 산은 너무 커
너무나 어둡고 답답한 저 벌레 풀새들이여

경동 약령시를 가면

그 무렵 경동 약령시를 걸어보면
아프지 않던 몸이 아프기 시작한다
다친 마음이 천천히 피어나며

어디서 귀뚜라미 울음이 들리고
파란 풀잎들의 피가 마르는 소리
목이 쉰 가을의 아름다운 전령들이
한묶음의 병처럼 단을 이루고
청량리나 이문동 하늘 쪽으로
딸랑딸랑 서울의 강북을 데려가는
흰구름은 누군가의 마음 같아라

햇살이 끊어지고 다시 이어진다
먼 상강 무렵 수척한 경동 약령시
걸어가는 모든 마음들, 온통 병이다

대청봉 일출

언제 다시 설악처럼 해맞이를 할 수 있을까
세월은 광음 같아 잊지 않고 다짐해서 찾아온
바닷물에 광명을 뿌리는 아침이 오늘을 여는 눈부심
언제나 끝은 영겁 속으로 사라질 수 있기를
찬란한 밤별로 빛날 수 있기를
오호이오이, 오호이오이 끝없는 세상
가도 가도 닳지 않는 연화장 세계, 그리운 넝쿨이여
높고 푸르고 희고 검고 공한 하늘
고적하고 크고 멀고 깊은 산협
바람 불어 물결치는 해부처의 바다를 강이라 부르며
어둠과 바람, 물살을 가르며 헤쳐갈 날
우리 천년을 저 동해 찾으리니, 그대 하루하루 눈부시라
가슴 아린 첫 아침햇살 속의 너를 보듬으며
저는 언제 다시 혼자 찾아와 눈뜰 수 있을까

김포 하성 운호가든집에서

이상한 집이었다.

아무 소리도 들리지 않는
낙엽이 떨어져 뒹구는 외진 口字 한옥
두 남자가 설거지를 하다가 우리를 맞아주었다.
오후 5시였다.

여자는 어색하게 5호실로 들어가는 남자를 뒤따라
구두를 벗고
몸을 감추듯 안으로 들어갔다, 가방을 안고.
돌아앉아서 신을 가지런히 밖으로 세워두는
여자는 얼굴이 작은 편이다.
한참 뒤

젊은이가
물과 물수건과 메뉴판을 가지고 들어왔다. 남자는 소
머리국밥을 시켰다.
여자는 "예." 하고 고개를 끄덕였다.

그는 말없이 밖으로 물러나갔다.

방안은 정적이 있었다. 뜯어진 도배지 틈이
붉은 황토를 내보이는 흙벽돌집이다.
김포 석양이 동편 벽을 비추고 있었다,
작은 창을 가린 처녀아이 속치마 같은 하얀 커튼 사이로.

'현대식 건물이 아니다.'

남자는 나그네, 여자는 돈 받고 따라온
색시 같았다.
그녀는 중매를 두고 처음 따라온 사람처럼 쳐다보고
웬일인지 가만히 입을 다물었다.
그는 가만히 있었다.

얼마 만의 둘만인가.
계속 둘이 말없이 뭔가를 기억하는데
노크 소리가 들렸다. 그가 음식상을 마루에 내려놓고

노크를 한 것이다.

그것도 이상한 일이었다. 그러나 새롭고 즐거웠다.

"예."

잠시 후 문고리를 잡는 소리가 나더니 드르륵

문이 열렸다. 청년은 상 앞에 예바르게 앉는다.

우리는 가만히 있었다. 그는 살이 흰 김치와 삭은 깍

두기를 올려놓고

뚝배기를 올려놓고, 쟁반을 들고 일어났다.

그가 말했다.

"맛있게 드십시오." 여자 같았다.

그때 둘은 합창하듯 총각을 쳐다보며 "예." 하고 얼른

대답했다.

여기가 한국인가 싶었다. 웃음이 나왔다.

뽀얀 사골 국물에

삼베 쪼가리같이 얇게 베어 넣은 소머릿살

접시에 담아온 썬 파를 한숟갈 넣고 굵은소금 한스푼 넣고 맛을 보았다.

국물이 진하다.

소 사골은 어쩌면 이렇게도 사람의

젖처럼, 뽀얀 국물을 내는 걸까. 쓸데없는 생각이었다.

작은 스테인리스 그릇은 뜨거웠다.

뚜껑을 여니 김이 나는 김포 하성의 하얀 쌀밥

김포 땅은 어쩌면 이렇게 백미를 만들어내는 걸까.

그랬더니 다시는 생각이 떠오르지 않았다.

차진 쌀밥은 잘 익어서도 반짝이고 곤두서 있었다.

'이런 식사도 참 오랜만이구나.'

여자는 숟가락으로 국물을 떠서 입술 사이로 가져가고, 남자는

후루룩 시끄럽게 떠먹는다.

여자는 참하고 남자는 짓궂다.

남자는 소리까지 지른다. "아 맛있다. 시원하다. 정말
달다."

여자는 말이 없다, 누님같이. 남자를 따라다니는 여자
는 다 그렇지.

다 먹을 때까지 국그릇이 따뜻했다.

밖엔 간혹 낙엽 궁구는 소리뿐

둘이 조용한 방에서 수저 소리만 딸가닥이며 국을 뜨
고 있었다.

바람의 기척들은 궁금했을 것이다.

처음 보는

웬 두 남녀가 5호실로 들어가서 말없이 가만히 밥만
먹고 있으니 말이다.

식사를 마치고 나니

다른 생각도 생길 만한데 머리는 조용하다.

허리띠를 묶으며 여자는 뭔가를 기다리고 있는 것도
같은데
가방에서 잘 접혀진 냅킨 한장을 꺼내 입을 닦는다.
그때, 남자가 말했다.

"하룻밤 자고 갈까?" 여자는 웃기만 한다.

하룻밤 자고 가고 싶은 곳이었다. 정말 하룻밤을 자고
나가는 사람들처럼
둘은 해가 지는 김포 하성 운호가든집을 나왔고,
남자는 음식값 만원을
지갑에서 꺼내 아쉽게 계산했다.

집 안과 길이 서로 보이지 않는 은밀한 작은 대문을
배웅하듯 따라나오는
주인에게 인사를 하였다.
"안녕히 계십시오."
주인은 웃으며 "예. 안녕히 가십시오." 하였다.

오랜 세월을 그런 에티켓으로 살아온 사람 같았다.

남자는 저만큼에서 운호가든집을 돌아보았다.

여자는 그냥 앞으로 걸어가고 있었다. 돌아보지 않았다.
코트를 입은 그녀 허리가 행복해 보였다.
주인은 들어가고 없고
운호가든집만 거기 서 있었다.

먼 훗날 어느 겨울 저녁, 혼자 운호가든집을 찾아갔더
니 주인은 바뀌고 하얀 수박등 하나가 눈발 속에 서 있
었다. 상 건너편에서 소머리국밥을 맛깔 있게 먹던 그
여자는
보이지 않았다.

두 손 속의 회초리
하노이 교외

바짓가랑이를 걷어올린 아이
소 잔등에 앉아서
기다란 회초리를 하늘 높이 들어올려
소 목덜미를 내리치는데
회초리가 천천히 내려가고 있었다
아이는 그 회초리를
두 손으로 모아쥐고 멈췄다

가시가 없는 호남의 목백일홍 가지 같은 회초리
피를 먹지 않는, 독이 없는 회초리

뿔 달린 머리를 연신 흔들어대며
소는 풀을 뜯느라 정신이 없고
놀라지 말라 해놓고
나는 소 잔등을 올라타고
지네 같은 허리 곧게 세운 아이처럼
공중 회초리만 높이
들고 있는 하노이, 소년 만세

장화리 낙조대에서

차를 세워놓고 강화도 먼 노을을 바라보고 있는데 아들이
"아빠, 노을이 참 아름답네요." 한다
아버지는 곁에서 새카만 아들의 머리를 쓰다듬으며 말을 한다
"고단한 사람들만 가고 싶은 노을이란다."
"나는 그냥 아름답기만 한데요?"
"녀석." 아버지는 기분이 좋아서 시인인 양 하늘로 뛰어갔다
아들 속에 아버지가 불현듯이 타오르는 노을을 보고 있다

광양제철소
1998년 10월 29일 견학

세계 최대의 광양제철소 압연장으로 들어간다.
거대한 물체가 덜컹거린다. 그 소리가
작은 가슴에 아주 두렵고 화급하다.
인간의 기척이 없는 난간 아래를 내려다본다.
뜨겁고 메마른 공기가 기도를 가로막는다.
검고 뻘건 무엇이 거친 숨을 쉬며 앞으로 달려온다.
나는 그것이 쇠라는 것을 알았다.
저 형상은 난생처음 보는 거대한 죽음과 같다.
컴퓨터는 쇠를 사정없이 두들기고 있고, 그는
무너질 듯한 자신을 침묵처럼 지키고 잠시 있다
기관차 머리 같은 거대한 기계로 다시 돌아간다.
가쁜 숨을 쉬고 빠른 속도로 레일을 타고
쿵쿵 둔중한 소리를 지르며 내 앞에 또 멈춰선다.
나는 넋을 놓고 높은 난간에 서서
가슴을 떨며 처음으로 쇠의 고통을 들여다본다.
하늘에서 치는 천둥 같은 소리가 계속 울린다.
뭔가를 찾아 살아온 나에게 이 광경은 놀라움이다.
순간 기계 속에서 물줄기가 쇠의 온몸으로

쏟아져내린다. 물은 소리치며 허물을 벗는다.
나는 이렇게 중얼거리게 되었다. 저것이 쇠란 말인가.
우리나라 산업이 여기까지 온 것을 보고 있어도
공포의 제철은 믿어지지가 않는다.
찬물로 담금질되며 숨죽이는 쇠를 내려다보면서
영혼과 육신이 한방울 물처럼 날아가고 있을 때
전율 속에서 다시 철의 포효를 듣는다.
고통스러울지라도 우리는 다시 태어난다는 생각에
이 동굴은 세상 사람들이 찾아야 할 곳
누가 저 앞에서 목숨의 흔적을 찾을 수 있을 것이며
무시무시한 제련의 곤고함을 알겠는가.
철은 어떻게 만들어지는가, 하는 질문은
저 제철의 광경이 설명할 수 없는 것임을 알게 한다.
나는 작은 오만과 자존의 핏덩이일 뿐
거짓과 허구의 구름이 피어나는 세상을 등지고 본다.
오장이 막히고 온몸이 금강신이 되는 듯한
신음과 수증기가 뒤섞인 남해 광양제철소
집채만한 저 시뻘건 육신의 쇠를 따라간다. 그리고

나의 눈은 지친 몸을 이끌고 지금
장엄한 압연장을 찾아오는 태양의 길을 본다.

채소, 김동석 선생

옛날 김철수 김동석 배호 삼인 수필집
『토끼와 時計와 回心曲』은 부친이
1948년 청구라는 서점에서
구입한 책
김동석 편 '토끼'「칙잠자리」가 있다
전쟁이 한창인 일제시대
포도송이 새새 검은 알이 박히던 무렵
그대가 채소를 다듬는 아내와 길가에 앉아
칙잠자리가 꽃잠자리 목을 부러뜨려
입에 물고
콩밭으로 날아가 앉는 것을
망연자실 목도한 그곳은 어디였을까
그 아내와 평론가는 지금 어디 있을까

처의 바가지

서울서 한 20년 잘 살아내더니 여편네가
어느날 갑자기 아주 멀리 가고 싶다고 한다
길이 돌로 된 독일은 안돼도 방콕이나 인도쯤
석양이나 초원을 보고 싶다고 투정이다

길바닥에 앉아 변을 누어도 괜찮다는 곳
사람들이 쳐다보지도 않고 내버려둔다는 곳
그러나 여편네는 왜 자신이 이러는지를
아무리 설명하려 해도 할 수 없다 불평이다

남편이 싫어서도 아이들이 싫어서도 아닌데
왠지 낯선 세상을 보고 싶다니 웬일일까
여편네가 엉뚱한 생각을 하고 있는 것일까
혹시, 사는 재미가 싹 사라져버린 것 아닐까

사람이 죽으면

아빠, 사람이 죽으면
다른 세상으로 간단 말이지요?
그래 다른 나라로 간다
그러면 아무데도 안 간단 말이니?
너도 다른 곳에 있다가 여기 온 거야
아빠, 정말?
내가 다른 곳에서 여기 온 거야?
그렇지 엄마 아빠와 만난 거지
또 다른 곳에 가면
다른 사람을 만나 살겠네요?
이렇게 아빠와 사는 것처럼 말이에요?
그래, 모르긴 해도 그럴 게다
너 생각해보거라
사람이 죽으면 아무데도 안 가겠니?
아무데도 안 가면
사람이 얼마나 우습겠니?
아빠 그게 정말 그렇겠네요 응?
그럼, 사람은

죽으면 다른 곳으로 간단다
너하고 아빠가 이렇게 만난 것처럼
언젠가 헤어진단다
그럼 어떻게 되는 거야?
녀석, 그럼 어떻게 되긴 걱정 말아라
너 어디 가서 살 데 없을까 그러니?
아들은 걱정이 태산 같은가
다리를 무릎에 올리고
팔베개하고 누워 하늘을 보는 게
제법 기특하다
다 한여름밤 꿈 같은 이야기지.

멀리 가는 휘파람 소리

누가 사는지 알지 못하는 서울 화곡에서
김포 하성이나 강화 양사까지 조용한
식목일 근처, 봄날 저녁의 길
멀리서 들리는 휘파람 소리는
누구의 파란 휘파람 소리였던가
나 또한 중도에서 그 소리를 따라가지 않고
아쉬움을 남기고 돌아왔지만
내가 따라가다 돌아온 줄 모르고
그 휘파람의 주인공은
정처없는 봄의 운행을 계속해갔다
다만 나는 이제 고백할 뿐
정말로 그 휘파람 소리를 따라가고 싶었고
올해도 그 휘파람의 등뒤 가까이까지
다가가 천천히 걷고 싶었다고
그래서 얼마를 뒤따르다 더 어두워져
그도 나도 어느덧 함께 걸어감을 그때
혹시 알게 되었을지 모르겠다고
하성 산길이나 양사 바닷물처럼 조용하게

하, 농담이네

그대는 아침 일찍 일어나 대변을 볼 때
일언반구도 버리고 절대로 중얼거리지 않지
읽지도 않고 아무 생각도 하지 않고
그냥 앉아 있지 굵은 똥이
저 바닥 아래로 뚜욱 떨어질 때
뭘 외지도 않고 그냥 들리는 소리를 듣지

여기 무엇이 있는지도 생각하지 않지
무엇을 하고 있는지도 생각하지 않지
봄이 온다는 생각도 않고
해우소 밖에 얼음이 얼었다는 생각도 않고
나뭇가지도 산짐승도 생각하지 않지
자신의 입이 어떻게 생겼는지도 생각하지 않고
그냥 대장을 빠져나오는
그 소리만 듣다 끝나면 몸을 굽히고 나오지

그리고 아무 소리도 내지 않고
그대는 조용히 방으로 들어가 가만히 앉지

감기

오후 눈이 내리다 멎더니
벽 속에서 옆집 아기가
저녁부터 기침을 시작했다
조금도 쉬지 않고 콜록콜록
두 다리와 가슴, 배가
흔들리는 소리가 끊이지 않았다
공중으로 쉴새없이
올라갔다 바닥으로 떨어졌다
그렇게 새벽녘까지
감기가 아기를 보채더니
담 밑에 눈처럼 잠이 들었다
먼동이 하얗게 밝아왔다

뿌리 밑에서

뿌리 밑에서 산다
실뿌리 혹은 노거수의 뿌리 사이
휑한 지상의 거목 가지 사이
먹이를 찾아 사방을 날아다니는
이름 없는 존재처럼

햇살을 때리며 아침 속을 날아갔다가
수시로 돌아오는
아무것도 아닌, 흙과 돌과 물의
뿌리 밑에서 산다
끝이 궁금해 올라갔다 오지만

베란다 창문을 열고
청산 녹음의 비와 펄펄 날리는
상월의 눈도
뿌리 사이에선 티눈 걱정을 만들고
가끔 창밖을 내다보며
뒤집어진 땅속에서 삶을 안다

면례를 마치고

고개를 돌렸다
이틀간 가뭄과 장마 같은
지루하고 고단한 면례를 마치고

첫 출근 하는 아침,

전철역에서 신문 하나를 살까 했다
한층 더 아래로 내려가
문이 열린 전철 안에 들어갔다
가만히 앉았다

앞에 앉아 있는 낯선 사람들의 얼굴들

웬 알지 못할 것이 산더미처럼 밀려왔다
지하에서도 지상처럼

내 감은 눈 속에
맞출 수 없는 몇개의 부서진 두개골

그리고 그 아래쪽, 텅 빈 유골
장과 살은 어디로 갔는가

하상터널을 지나며 꿈의 화상들을 본다

나란히 누운 할아버지와 할머니의
형편없이 부서지고 진토가 된
뼈가 보여……

내가 사는 도시 2

이젠 이 도시에 보고 싶은 사람이 없다.
어느새 한 세월 가버리고
고달픈 세상이 찾아오고 말았다.
종로를 걸어가는, 밀짚모자 쓴 저 경상도 땅
해인사 중이 지나가면 그땐 보일까,
사람들이.

엘리베이터가 매일 올라오고 내려가도
사계절 꽃이 피어도 친구들은 늙어가고 있다.
우리도 별수없는 한 세대에 불과하다.
특별한 것이 없다.

이 도시엔 함께 술 먹고 싶은 사람이 없다.
어느날 옛 사진이나 들여다보게 되면
놀라, 이런 때가 있었나 말하게 될
뿐인가.
이렇게 보고 싶은 사람이 없어졌으니
나도 참 불행한 사람이다.

꽃샘 거미

다리 자린 봄 거미 한 마리는
파랑의 아침 햇살에 흔들린다
처마 속에 보리수염의 촉수는
얼음 같은 절지를 움직이고
그 폐 속엔 잔 신음이 울고 있다
이가 시려 손을 쥐고 호 불면
낡은 옛집 갈 수 없는 먼 풍진
눈시울에 초싹이는 파랑 앞에
나 거미는 그만 온몸을 감싼다

겨울 한강을 건너며

나는 이곳을 떠난 적이 없었다. 뒤돌아보면
늘 이곳에서 친구들을 만나고 술을 마셨다.
그러니 내가 이 나라를 추억할 때
생각할 것은 그것들밖에 더 있을 것이 없다.
나는 그리 크지 않은 이 작은 울타리의 도시에서
모든 것을 다하고 생각하며 살았노라!
나는 한없는 정신적 육체적 쾌락을 맛보았노라.
더 먼 곳을 가보려고 꿈꾸지도 않았고
그리 되리라 추호도 생각한 적 없었다.
나는 만족스럽게 성실하게 이곳에서 살았노라.
어떤 후회도 부족도 있을 수 없다.
그러므로 나 한쪽에 엎드려 절하고 감사하노라!
이러한 것들이 내가 얻은 내 생의 전부다.
친구들과 문학에게 이렇게 말하련다.
나는 정말 한번도 이곳을 떠난 적이 없었다고.
나는 그 어떤 사람의 위로도 받지 않는다고.

어느 여호와의 증인, 2000

저쯤 마포 전주 밑에서 우물쭈물하더니
내가 그리로 다가가자 여호와의 증인이 미안한 듯
움츠린 나에게 파수대를 권한다
너무나 얇은 파수대의 낱장들이 바람에 떨었다
가난하고 깨끗한 옷의 냄새가 났다
내가 주머니에서 손을 꺼내자 그는 나의 눈치를 보았다
차가운 바람 같은 얇은 파수대가
어느새 내 손에 쥐어 있었다
여인은 고개를 깊이 숙이고 내 앞에서 사라져갔다
나는 지구의 물이 고갈되어간다는
파수대를 들고 얼어붙은 마포로 골목길을 파고들었다
나도 사라지고 그녀도 사라지고 없었다
검은 코트복들이 침묵의 표정으로
움츠린 길을 걸어가고 있었다 서울의 아침햇살이
아이의 생일날처럼 떨고 있었다
그런 뒤 다시는 추운 파수대를 볼 수가 없었다
그 연대에는 다시 만날 수가 없었다

癌

하루에도 수십 개의 암이 나타났다가 사라진다

그들은 위장과 간장 뼛속 어디나 숨는다

어느 곳에 숨는지는 아무도 모른다 요즘 우리는 그 암으로 신경이 날카롭다

늘 암이 와 있다는 것을 알고 있지만

대다수 사람들은 암의 공격에 노출되어 있다

그러나 암이 내 살이며 피며 자연과 친구가 주는 선물이며 생계며 스트레스다

어느날 한놈이 아주 정착하려고 내부의 한곳을 꽉 물고 절대 놓지 않을 것이다

이 모두는 암에 대한 탁상공론일 뿐이다

얼마 뒤 한 사람을 완전히 멸망시키고 함께 공중에 흩어지거나 흙속에 흐를 것인데

우리는 가끔 이런 이야기를 나눈다

늘 암이 생기고 사라지는 것을 느끼면서도 그것을 실감하지 못하고 때론 즐거운 논쟁으로 삼는다

인삼 드링크에 우루사 한알로 때우는 건강, 오늘도 암은 몸 어느 골목엔가 나타나 두리번거리다 말없이 어디

론가 슬쩍 사라졌다

　이 암이라는 존재는 우리 사회에서 사람과 사람 사이를 건너뛰면서 왔다갔다 한다

　특히 가까운 사람들 사이를, 폐와 간과 위장과 자궁 아무데나

　사회는 필요악의 암을 다 몰아낼 수가 없게 되어 있다

　우리는 그 암을 다스리며 살아간다

　사실 다행스럽게도 그들이 우리 내부에 아슬아슬하게 나타나고 대부분 사라지기 때문이다

이상한 性의 나라

성의 나라는 이상합니다 왜 아이들은 어머니의 몸에서 태어나야 하는 것이지요? 성의 나라는 법의 나라입니다 나는 성의 나라에서 사랑으로 태어났습니다 하지만 그 까닭을 알지 못합니다

어머니의 성의 나라, 날이 저물면 아버지가 그리워지는 어머니들의 성의 나라 왜 그렇게 되었을까 연약하고 작은 어머니의 성으로 왜 우리들은 이곳에 와야 하는 것이었지요?

그것을 말해준 사람은 없었습니다 어머니, 어머님도 성의 나라에서 오셨지요 해 뜨고 별 돋는 이 성의 나라, 이 세상 풀 길 없는 안타까운 성의 나라

하지만 나는 노래합니다, 이 성의 나라를 나는 성의 나라를 데리고 우리가 알지 못하는 나라로 성의 나라를 통해 가렵니다 내 아내의 성을 데리고 언젠가 까닭을 알게 될 것입니다 우리가 왜 성의 길을 걸어서 왔는지 왜 그 살의 길을 통해서 이곳에 왔는지

여자들의 성, 여자들의 아름다운 살의 성의 길을 찾아나는 지금도 걸어가고 있습니다

지구 자전을 느낀다

아이들과 텅 빈 천공의 세상을 간다

이곳은 말이야 얘, 우주의 한쪽 동네야 가령 강화도 보문사 마을이나 스위스 소읍 같은! 내다봐, 우리는 떠가는 찬란한 하늘이다

우주는 아래위 온통 파란 하늘, 작은 지구는 더 작은 달을 데리고 실수 없이 지금 멀리 가고 있다 궤도를 돌고 있다 지금 점심시간이니? 밤이지! 나는 공간 어디에선가 보고 있는데 모를 일은 나를 내가 볼 수 없다는 것이었지

어찌되었건, 아이들이 천천히 몸을 돌리면서 재미나게 공간을 가고 있다 그러면 되는 건데!

이제 나를 찾는 일을 하지 않기로 한다 그때 해는 비춰 석양은 산그늘을 만들고, 그 양지에 사람인 자가 무릎과 어깨와 턱을 옹송그리고 앉아, 햇살이 지구 한켠으로 비껴 들어오는 저녁을 얼얼얼 보고 있다

하늘이 파란 지구 그 어디

슬픈 샘의 노래

여자의 그것은 슬프다, 걸어와서 다시,
걸어가는, 모든 여자의 그것은 위없는 슬픔,
말이 나오고 손이 나오고 발이 나왔다,
입술 속에서 모든 말이 나왔듯이,
태어난 여자, 살아가는 여자, 이미 잠든 여자,
여자들은 수없는 별처럼 말을 하지만,
아무 말 없이 조용히 있는 두 다리 사이의,
옷에 가려져 있는 그것은 애처롭다,
아무 말도 하지 않는, 입술을 오므리고,
자신이 있은 이래 아무 불평이 없는 그것은,
당신의 몸 한가운데 있는 그것은,
소녀 시절, 청년 시절, 결혼 시절의 그것은,
모든 사람들이 빠져나온 사랑이었다,
강낭콩이나 닭의장풀 꽃 모양 같은 살을 들고,
그 속에서 오줌이 나오고 그 곁에,
먹은 음식을 내보내는 문이 가까이 있는,
세상 모든 여자의 작은 그것은,
자신의 모든 슬픔의 양만큼 아름답다,

나는 오늘, 그것에서 나온 모든 사람들과,
그들이 만든 모든 것을 바라보며 식사한다,
진정 세상에 슬픔의 빛깔이 있다면,
여자들의 발그스레한, 세로로 세워져 있는,
여자의 입술 같은 그것, 그 살이 아니겠는가,
그것은, 아마 여린 그것은 혼자였을 것,
눈과 사랑과 의지와 마음과 뼈를 만들면서,
그러나 언제나 조용하므로 찾고 싶은,
너는 이제 그것이 말이 없음을 알 것이다.

의문

그의 얼굴에는 무서움이 숨겨 있다
악다구니와 몽둥이 소리가 들린다 그는
먼 나라를 돌고 온 풍문과 같다
그의 얼굴에는 비겁함과 비밀이 있다
그의 지난날을 아는 사람은 아무도 없다
그의 얼굴을 먼발치에서 본 순간
반가움보다 무서움에 소름이 끼쳤다
그는 왜 나를 바라보는 것일까
아무 말 없는 그의 모습은 허망하다
그의 안가슴에는 흉터가 있을 것이다
그의 입 안에는 비웃음이 가득 할 것이다
그의 옷에는 그들의 피가 묻었을 것이다
그는 왜 아무 말도 하지 않는가
험난한 세월을 겪고 수많은 사람들을
가슴에 묻고 버리고 돌아온 사람
오늘 말없이 나타나 우두커니 서 있다
깊이 패인 칼자국을 얼굴에 감추고

산모

참기름으로 달인 미역과 양지머리를 넣고 끓인 미역
국.

추운 겨울날 땅속 김장을 열어, 한포기 김치머리 숭덩
썰어, 검은 머리 밑— 젖 속곳 흠뻑 땀 흘리고 훔치며,
큰 냄비 하나 미역국을 치운. 입 안에도 땀이 줄줄 흘러
애한테 준 만큼 보충하며. 나 어린 그 어느날, 둘째 여
동생을 낳고 미역국 그리도 맛있게 드시던, 30년 전 어
머님처럼. 아 사람은 그리고 여자는 그때가 좋은 때였
다. 나 애를 낳고 옆에 젖 먹여 눕혀놓고 혼자 놀게 하
고, 배가 불떡 일어나게 먹고, 아이구 나 배부르네 하고
걸어나가고 싶은, 정월. 펄펄 끓는 아랫목에 앉아, 눈 내
려 경개 좋은 훤한 문밖을 내다보며, 미역국을 먹는다.

열달 무거운 몸 풀고, 펄펄 바다로 날아가 살고 싶은,
바람 같은 내 꿈이다

고양시 백석동 1344 서안아파트 505동 703호

지난 여름과는 다른 하늘을 지나가고 있다.

지나온 어느 시절의 하늘과도 다르다.

어머니도 아내도 없는, 밖에 멀리 봄이 오는 텅 빈 절간 같은 방에 혼자 남아서,

멀리 자유로 뒤로 강 건너 가고 있는 김포며 산너머 바다도 그리워하지 않을 줄 알고,

커다란 방안에서 혼자 남아 가구처럼 나는 일이 없다.

시간이 계속 오고 있음에도 새롭지만은 않은,

공전한다는 지구의 고적한 윙 소리 들리는 겨울 한쪽에서,

하지만 찬바람에 풀대들이 모두 부러지고,

삶의 자리가 아직은 운명적이지 않은 줄 선 어린 자식 같은 다복솔들이 몹시 흔들린다,

뻐꾸기시계가 열 번을 세 마리가 함께 육체로 울기는 하면서,

나는 정말 나에게 낯선 사람으로 와 있었다.

물론 지난날을 일대 의문으로 살아는 왔지만,

누구나 오늘이라고 부르기를 주저 않는 이 과거 속에

서는,

　나의 어떤 부탁도 그리움도 정말은 아니었으리,

　아 그랬을 것이다, 친구들 속에 숨어 있는 그의 모습
은,

　자못 눈이 부시고 안양한 어느 시절과도 다른 하늘을
지나가면,

　이 모든 동행이 목마를 탄 아이와 어머니와 같으니,

　어느새 나는 육십갑자를 훨씬 넘기신 불쌍한 어머니
의 애비 된 아들이요,

　나를 가장과 남편으로 믿는 아내가 이미 있었으며,

　추운 학교로 해 뜨자 찾아간 중학생과 초등학생 두 여
식, 그리고 미래가 궁금한 어린 아들을 두었는가,

　헌데, 어떻게 우리는 이 백석동에 와서 살게 되었을
까, 개성이나 구신의주로 갈 수 있을,

　저녁에는 강 건너 김포 불빛이 빠안히 잡히게 될,

　서향한 경기도 고양시 백석동 1344 서안아파트 505동
703호,

　이 아들의 머나먼 추억은 벌써 시작되고 있고, 그래서

온다고 하지만 또 가고 마는 1994년은 다시 아득한 1894년 같아,

입다물고 소리치는, 내가 없는 방 불빛은, 옛 여자 몸처럼 고적하고 궁금해,

사진리며, 해남이며 수색이며, 살아온 곳은 그곳들에 남고,

우리들 생각과 마음은 우리를 따라가고 말았다,

먼 어제도 내일도 오늘로는 찾아오지 못하리, 강풍에 흔들리는 것은,

어린 다복솔들, 나는 오늘 겨울바람 소리를 들으며,

지나가는 하늘 밑에 아무 인연 없이 혼자만 앉아 있으면서,

외롭다기보다는, 하는 것은 이 커다란 하루가 누구에게도 소용이 없기 때문이라 일러줄까,

내가 원하는 것도 줄 것도 없고, 말할 뜻도 이미 전할 것이 없는,

저 곱고 조용하고 푸르며, 맑고 커다랗고 편한 한낮의 하늘처럼,

방문턱에 흙바람이 치는 세월이 있었기 때문에,
  태어난 것, 목숨 가진 것의 어린것들이 흔들리고 있기
때문이라고,

야산

묘목을 묶어 차에 싣고
산 밖 먼 바닷가 면으로 옮기면
받아서 마을에 나누어주고
그것을 사람들이 산에 가서
두런두런 심는 것을 보면
나무 제사를 드리는지
멀리 있는 마음은 슬퍼집니다
귀잎사귀 몇씩 달고 온
작은 어린 나무들을 심고
나무 허리 잡고 꼭꼭 밟아주고
하얀 비료와 찬물을 주고
다시 자리를 옮겨 심다가
그만 삽을 메고 집으로 가는
사람들을 멀리서 바라보면
그들 자라갈 일 아득해집니다
하루해가 산하늘로 저물 때
혼자 산을 바라보면
그러나 삶은 시름이자 즐거움

이렇게 위로하듯 중얼이지만
저 산에 살아갈 나무들
바람에 흔들릴 저들 생각하면
웬 가슴 한쪽 무너집니다

世上

저세상의 아름다운 밤은 부부생활을 하는 젊은 어머니들의 신음이 끊이지를 않는다.

아무도 애기울음 같은 교성이 어리석고 안타까워도 마다할 수가 없다. 어머니들은 색정이 어쩔 수 없는 기쁨과 고통이며 끝없는 생사의 길임을 아신다.

그러니, 지아비의 손길을 거부하는 여자는 저 궁륭 세상의 슬픈 어머니가 아니다.

우리는 그 부부의 잠자리에서 모두 이곳으로 왔으니까.

＊강원도 바닷가 여인들은 부부생활을 '자식내이'라고 한다. 어린 시절, 어느 해질 무렵에 어머니들이 그런 말을 하는 것을 우연히 들은 적이 있다. 내딴에 자리를 피해주자 아줌마들이 뒤에서 "행렬이가 다 아나봐요!" 하였다. 어머니는 나를 그냥 놔두셨다. 그때, 슬픈 생각이 들었던 것 같다.

당집의 新風

　궁금하다. 담배가 생각난다. 컬컬하고 부족하다. 무엇을 원하는가. 무엇이 무엇에 닿으려 하는가. 무엇이 무엇을 만지려 하는가.

　눈이 녹는다. 바람이 분다. 기호 같은 새들이 날아다닌다. 허전하다. 아양피에 햇살이 내리듯. 아양피가 햇살을 받듯.

　나는 창자 밖에서 웅얼인다.

　사람 생각 난다. 술 생각 난다. 바람 속에 바람 분다. 흙부스러기와 풀대가 흔들린다. 무엇이 그리워하는가. 들길에 꽃이 피는가.

　창자는 무엇이 먹고 싶은가. 말을 하거라. 한낮이 춥고 어스레한 저 신풍은 굶은 사자들, 아 형체 없는 마음들이다.

　＊20년 전에 읽은 도연명의 ‘신풍(新風)’은 땅에서 솟아나와 대지를 불어가는 이른 봄바람이라고 한다.

안타까운 시간

황해 너머로 떨어져간 태양이 아스라이 비추는 햇살
이 높은 하늘에 떠 있는 새털구름에 닿고 있는 저녁

사라지는 미세한 얼음의 결정 사이를 파란빛이, 산소
처럼 흩어지는 구름의 물방울에 부딪치는 햇살을,

어둑한 동교동 전광판이 몸을 뒤집는 건널목에서 머
리를 차창에 대고 하늘을 쳐다보는 내 눈에 보낸다.

중

어떤 시인도 나에게 콤플렉스는 아니다
나의 콤플렉스는 오직 이들뿐이다
소 똥과 오줌으로 약을 삼으며
남들이 입다가 버린 걸레로 옷 해입고
똥막대기에 해골을 꿰 어깨에 메고
방방곡곡을 돌아다니는 자가 못되더라도
나무 안경을 쓰고 어느 산골에
오직 경 하나와 옷 한벌로 세상을 보고
가만히 살아가는 겨울산과 같은
중, 그 중이 왜 이렇게 부럽게 되었는가
오, 중이여 막대기 하나와 옷 한벌과
신발 한짝 모자 하나로 떠돌거나
한 방에서 한발짝도 나서지 않는 중이여
육식을 하지 않으며 산속에 살고
바람 속에 잠이 드는 저 불굴의 중이여
내 생은 내 육신 속에서 죽어가
이젠 영영 다다를 수 없는 길이 되었는가
어떤 사랑도 꽃도 나의 적은 아니었다

서울 2

서울의 가을은 참으로 조용하다.
시내에서 북한산이 보이면
때로는 서울이 시골 같다.
무슨 욕심과 슬픔이 있는가 싶다가
이래 사는 것이 부질없다가
저 하늘과 건물들이 못내 아름답다.
사람들은 환멸을 느낀다지만
때론 서울은 너무나 단순하다.
그래서 나는 옛 시풍을 기억하고
나만 데리고 혼자 마포길을
햇살과 바람과 걸어본다.
그러면 모든 건물들이 키를 낮추고
차들이 가만히 소음을 낮춘다.
때로는 문득 서울이 내게 이런다.

다시 갈 일 없는 문산극장

서울로 가지 말고 금촌에 가서, 시네마극장 2관으로 들어가 「에어리언 4」나 볼까?

아니면 좀더 멀리 문산을 찾아, 천길 벼랑 같은 어둠 속에 서 있다가 눈이 열리면, 빈자리에 앉아 「8월의 크리스마스」를 볼까? 임진강과 상관없이 백장 천장 넘어가는 책을 볼까?

옛날 내 나잇살들이 선운사 동백꽃이나 상사화 보러 가듯 법원읍 동문리 자운서원에 가서 혼자, 나뭇잎에 떨어지는 빗방울이 되든지……

어느새 눈더미가 녹는 부산한 버스터미널 쪽 농협 건너편, 은행나무와 나는 서 있다.

사자의 친구여. 망각은 그 은행나무 잎에서 시작되고 있다.

갑산 웅이방 도하동

그는 갑산 웅이방 도하동에서
혼자 죽었다.
주민들은 과거 사자와 차별 없이
팔다리 꽁꽁 묶어
커다란 입을 틀어막고
상주 없는 객의 장례를 치렀다.
그리고
아이들을 가르치던
검은 수염의 낯선 사내를 말하며
술도 한잔 마셨을 것이다.
십수개월 뒤
무서울 것이 없는 천하 도량에서
이렇게 죽어간
스승의 때늦은 부음을 전해 듣고
갑산을 찾아가
무덤을 열어보니
스승은 여느 시신과 다름없이
검은 물 속에 썩어가고 있었다.

스승 곁엔

담배쌈지가 있었다. 아, 담배쌈지는

저승의 흉물 같은 담배쌈지

얼마 뒤

만해가 序를, 한암이 行狀을 쓰지만

눈보라치는 산은 깊고 멀어라.

갑산 웅이방

도하동이여

어찌 범부와 선사의 죽음이 다르랴.

누가 귀하고 천하랴.

조선수좌 성우가 몰래 죽어도

남과 죽음으로

한 많은 조선 산하는 말이 없었다.

  * 난덕산에서 나온 이 담배쌈지는 제자로부터 선물 받은 것
    인데 스승은 담배를 즐기신 모양이다. 성우(惺牛)는 경허
    (鏡虛) 선사의 법명이다. 전주에서 부친을 여의고 아홉살
    때 모친을 따라 서울에 와서 청계사에 입산하였다.

산청 산을 넘으며

진주를 떠난 지 한 시간이 지났을 것이다.
눈을 떠보니 날이 저물었고
산을 넘어가는 차폭등들은 빨갛다.
추수가 끝난 야산은 어둑하고 하늘은 환하다.
심심한 나를 놀래키고 기쁘게 해주려고
루즈를 칠하고 빨간 옷을 입고
숲속에서 가만히 나를 기다리는 것 같아
오늘은 여우 같은 네 얼굴이 아름답기만 하다.
이름도 얼굴도 모르는 진주는
버스를 데리고 늦가을 구름 속에서
눈을 감고 젖을 물린 채
경상도 하늘을 쳐다보며 부르릉 산을 넘는다.

창

황금빛 조명을 받으며
키가 큰 한 마리 짐승이 걸려 있었다.
내장과 뼈를 들어낸,
모피 자락 밑에는 발목이 없었다.
소매엔 손목이 보이지 않고
여인의 아름다운 복사뼈 힐 위에
올라서고 싶은
혹은 협장을 내놓고 싶은
그 옷걸이엔 한 사람이 걸려 있었다.
수백년 뒤에 서 있는 허풍 같은
인간의 공한 마음처럼
부신 황금빛 속, 천진한 장난감 흉부.
숨소리조차 들리지 않는
해독불가한 비밀 속에
얼굴 없는 회백색 세모의 모피 한벌은
행인을 향해 서 있었다.
창밖엔 산이 없고,
웬 낯선 사내 하나 와 있을 뿐이었다.

사라진 서점

드르륵, 조용히 문을 열고
흰눈을 털고 들어서면
따뜻한, 서점이었다
신년 카드 옆엔 작은 난로
가지런히 꽂혀 있는 책들
높은 천장까지 가득
차 있었다 아 추워, 언 손을
비비면 그 12월임을 알았다
멀리 있는 사람이 그리워
좋은 책 한권 고르다 보면
어디선가 하늘 같은 곳에서
새로운 날이 오는 것 같아,
모든 산야가 겨울잠을 자는
외로운 산골의 한낮
마음만한 서점 한쪽엔
생의 비밀들을 숨긴 책들이
슬픈 책들이, 있었다
다시 드르륵, 문을 열고

단장된 책들이 잘 꽂혀 있는
그 자리에 한참, 서고 싶다
그대에게 소식을 전하고
새로운 마음을 얻으려고
새 눈 오던 12월 그날처럼

이 잡는 여인
1999년 北

무릎에 머리를 누이다. 센머리카락을 하나하나 헤치다. 한올한올 옆으로 넘겨 곱게 모으다. 먹지 못한 머릿살에 붙은 서캐들. 쿡쿡 엄지손톱으로 눌러보지만……

머리가 푸석한 어머니가 조용하다. 머릿니를 찾아 머리숱을 헤치다 며느리는 운다.

어머니를 깨우지 않는다. 가시는 길을 막지 않고 조용히 뉘어드린다. 어머니, 놀라시지 마세요. 하늘이 푸르긴, 아무것도 보이지 않지요?

이웃이 얼어죽는 캄캄한 겨울, 奧地에 해가 떨어지고 있다.

림프강의 저녁

그에게 입술에 달린 대롱을 깊숙이 넣어주었다
그는 몇번 사지를 움직이고 바깥을 알고 싶어했다
내 입술 속의 가장 단것을 몸속에 넣어주자
그는 이내 풀잎처럼 부드럽게 되었다
나는 그의 가슴을 열었다 부드러운 섬유질 같은 근육과
실 같은 뼈를 부수고 밀쳐서
그 속의 것을, 그가 지금까지 간직해온 것들을
맛보기 시작했다 그것들은 구슬 같고 링 같고 희고 아
름다웠다
발 밑에 온몸을 맡겨놓고 조용히 내 몸속으로
흘러들어오는 그는 너무나 유순했다
나는 그의 여행을 받아들였다,
그래 이번엔 그가 이렇게 내 몸속에 와 있을 차례였다
그가 아무것도 아닌 두려움만 버린다면
림프강의 저녁에서 이런 일은 아무것도 아닐 것이다
나는 그처럼 가까이 있는 내일을 볼 수 있었다
생명은 영원히 죽지 않는다, 어둠속에서 미소를 짓고
나는 이미 누군가의 너무 밝은 생명 속에 가 있었다

겨울, 설악을 보며

눈 내린 정월 속초에 내려오면
아직도 겨울 속초는 춥다
아침해가 창 가까이 솟아올라도
한 세대 전 사람들처럼
깃을 세우고 어깨를 움츠린다

연탄난로 연통이 벽을 타고
나 같은 누군가 살다 그만 죽은
저 북쪽 블라디보스톡 같은
새파란 하늘로 올라간다
올라가다 흩어지고 사라진다

사람들은 무엇으로 살아가는가
바다만한 엄동설한에
축항으로 나가며 웃는 사람
사람들은 분명 사람에게
무언가를 다 바치며 살아갈 텐데

험상궂은 검은 설악산 위에
오세암 백담사로 넘어가는 해도
무엇을 먹고 가는지 통 모르겠다
40년을 넘게 살아가고
20년 넘게 찾아오지만

꼴뚜기 얼음살을 물어뜯는 햇살에
지금도 갈매기 하늘 날고 있는
너의 겨울 영원히 춥거라
저 설악의 초목을 생각하며
밤 설악의 짐승들 생각하며 살아라

황조롱이

모든 산짐승과 들짐승이
제 목숨을 감추고 겨울을 나고 있는데
추운 신춘 어느 오후,
서울 한강 둔치
못 먹어 몸이 수척한 매 한 마리가
떨어질 듯 구릉을 날아가고 있었다

겨울을 난 어느 생명이라도
저 주린 창자에게 자신을 바치게 하소서.

시인의 말

 언제나 처음처럼 서투르고 부끄러운 시작의 어린 마음〔初心〕으로 시집을 묶는다. 고르고 다듬어서 발표한 시들 중에서 다시 시집으로 묶을 작품을 고른다는 것은 곤혹스러운 일이었다. 또 어쩌면 이렇게 시에 숙련되지 않는가 자문했다. 이제는 모든 시재와 시상들이 만만치가 않아서일 것이다.

 시집을 내면서 무슨 군말이 필요하겠는가. 마치 시집을 내는 것은 죄지은 사람이 벌을 서는 것과 같다. 나는 바짓가랑이를 걷어올리고 선배와 친구들, 그리고 후배에게 매맞을 준비를 했다. 시의 대상이기도 한 내 마음속의 독자인 시재들에게 좋은 시를 선보이지 못해 부끄럽다. 이다음에 더 좋은 시집을 내겠다는 다짐이 있을 뿐이다.

2001년 11월
佛堂골에서 고형렬

창비시선 212

김포 운호가든집에서

초판 1쇄 발행 / 2001년 11월 20일
초판 4쇄 발행 / 2013년 3월 26일

지은이 / 고형렬
펴낸이 / 강일우
책임편집 / 유용민 염종선 박신규
펴낸곳 / (주)창비
등록 / 1986년 8월 5일 제85호
주소 / 413-120 경기도 파주시 회동길 184
전화 / 031-955-3333
팩시밀리 / 영업 031-955-3399 · 편집 031-955-3400
홈페이지 / www.changbi.com
전자우편 / lit@changbi.com

* 이 시집은 문예진흥기금을 받아 간행하였습니다.